DAS HAVARIERTE GEWISSEN

Für Milan und Malina

Matthias Schneider-Dominco

DAS HAVARIERTE GEWISSEN

Eine norddeutsche Novelle

Bibliografische Information der Deutschen Nationalbibliothek:
Die Deutsche Nationalbibliothek verzeichnet diese Publikation in der
Deutschen Nationalbibliografie; detaillierte bibliografische Daten sind im
Internet über http://dnb.dnb.de abrufbar.

TWENTYSIX – Der Self-Publishing-Verlag
Eine Kooperation zwischen der Verlagsgruppe Random House und
BoD – Books on Demand
© 2016 Schneider-Dominco, Matthias

Herstellung und Verlag:
BoD – Books on Demand, Norderstedt.
ISBN: 9783740725167

Bildnachweis:
Buchcover: HafenCity1, „Elbe", CC-Lizenz (BY 2.0)
http://creativecommons.org/licenses/by/2.0/de/deed.de
Quelle: www.piqs.de

Lektorat: Bianca Weirauch

Am Strom

Das Blau zerschellte am Stack[1]. Im langen Schatten des Steinwalls spülten die Wellen Schlick empor.

An der Deichkrone angekommen, legte Fritjof Dieken Reusen und Tragebottich ins Gras. Er hielt inne. Blinzelnd vor Müdigkeit hob er den behaarten Handrücken über die Augenbrauen und nahm den Elbsegler ab. Ein leichter Wind aus Nordost strich ihm durchs grau melierte Haar, wisperte von der Weite des Meeres. Frisch war die Luft, es roch nach dem würzigen Aroma getrockneter Algen. Gedankenverloren nestelte er an der Weste. Sie war schon recht abgetragen. Er zog eine Pfeife heraus und begann auf dem Mundstück zu kauen. Der kalte weiße Porzellankopf wippte dabei unregelmäßig im Mundwinkel.

Ein Frachtsegler nutzte das ablaufende Wasser. Hinter dem morgendlichen Dunstschleier war das gegenüberliegende Ufer nur schemenhaft zu erkennen. Darüber schwebte ein Streifen Schäfchenwolken gen Westen, helle Rippeln, die wie die Spiegelung des Wattbodens aussahen. Fritjofs Blick streifte die Altenbrucher Bucht und verweilte schließlich auf dem fleckigen Orange von Klüver, Groß- und Besansegel, bis es am Horizont verschwand.

In gleicher Richtung hatte ihn sein Stiefvater Otto Bolhöfer des Öfteren mitgenommen. Er entsann sich

---

[1] Richtung Flussmitte aufgeschütteter Steinwall. Dient dem Küstenschutz.

des Sommers, in dem Großbritannien Helgoland zurückgegeben hatte. Beide steuerten damals im Boot sitzend dem Mündungsgebiet entgegen. Windstill und warm war es, wie gemacht, um einen Zehnjährigen in die Kunst des Buttpeddens[2] einzuführen. Sie landeten an einer der Sandbänke von Nordergründe.

»Wie machst du das nur? Fische mit den Füßen fangen?« Ungeduldig ließ er die Arme sinken.

»Ich zeig's dir noch mal. Hier ist der Priel tiefer. Da buddeln sich die Schollen lieber ein. Wo du stehst, ist der Boden zu hart für sie.«

»Die sind so flink!«

Otto lachte auf und warf dabei den Kopf nach hinten.

»Natürlich. Pirsch dich vorsichtiger heran. Du musst lernen, mit den Füßen zu sehen.«

»Und denn?«

»Einfach drauftreten.« Er ließ einen Hosenträger auf das durchnässte Unterhemd schnalzen.

Nie würde Fritjof das Gefühl vergessen, als es ihm nach mehreren Versuchen gelang, im hüfttiefen Wasser einen Plattfisch unter der nackten Sohle zu spüren. Das war allerdings nur der erste Schritt in Richtung Erfolg. Nun galt es, ihn mit bloßen Händen zu fassen. Ihm schwante, was das bedeutete. Also holte er tief Luft und

---

[2] Alte Fischfangtechnik, bei der im Sand eingegrabene Flundern mit den Füßen aufgespürt werden und dann per Hand eingesammelt oder mit einem Dreizack aufgespießt wurden.

nahm den Unterwasserkampf auf. Otto kam derweil mit dem Eimer herbeigeeilt, dass es nur so spritzte. Die Atemluft des Jungen wurde schon knapp. Leicht machte es die Flunder ihm nicht. Sie zappelte um ihr Leben.

Prustend hob er den Kopf und jubilierte:

»Ich hab sie!«

Mit einem Ruck riss er den Fisch aus dem Wasser und ließ ihn in den hingehaltenen Bottich fallen.

»Gratuliere! Nach dieser Taufe bist du ´n echten Buttpedder!«

Otto legte den Arm um Fritjofs Schultern, zwirbelte den eingerollten Schnurrbart.

Wenig später standen sie am anderen Ende der Sandbank vor den Resten eines eingesunkenen Wracks.

Zwar hatten die Alten immer schon von falschen Leuchtfeuern geraunt, die Schiffe zu Untiefen locken sollten. Allerdings gehörte die hiesige Strandräuberei längst der Vergangenheit an. So beteuerten alle. Beide betrachteten das hölzerne Skelett. Otto hob gestenreich zu einer schauerlichen Geschichte an, von der Fritjof lediglich das grässliche Ende erinnerlich geblieben war, in der zwei Bösewichte, eingesperrt in einem Holzgestell im Watt, der nächsten Flut überlassen worden waren.

Ein krächzendes »Tschäk-tschäk-tschäk« riss Fritjof aus der Gedankenbläue. Mit linkischen Seitenschritten nahte eine Elster von hinten und beäugte die Reusenenden zwischen den Halmen. Als sie begann ins Netz zu hacken, klatschte er in die Hände, worauf der Vogel meckernd in Richtung Altenbruch davonflog. Er verfolgte das blinkende Weiß der Flügelspitzen.

Unten am Wasser angekommen, zog er abgetragene Socken über die Stiefel der Wathose. Sie gaben mehr Halt. Am Stack wirkten Algen und Tang wie Schmierseife. Das wusste er aus leidvoller Erfahrung, nachdem er vor Jahren hier einmal ausgerutscht und erst nach einer Weile wieder zu Bewusstsein gekommen war. Damals hatte er sich neben einer Platzwunde am Kopf auch den linken Daumen ausgekugelt, den er kurzerhand mit einem beherzten Ruck selbst einrenkte. Er musste an Doktor Petersen denken, der ihm später zur erfolgreichen Therapie gratuliert und angeboten hatte, bei ihm als Assistenzarzt anzuheuern.

Bevor er die Reusen prüfte, steckte er das Pfeifchen, ein Erbstück aus Großvaters Zeiten, zurück in die Innentasche. Er begann den ersten Aalsack einzuholen. Eine Handvoll Krebse rumorten in den Maschen. Dazwischen blinkte etwas. Er fischte den Gegenstand heraus und staunte nicht schlecht. Eine angelaufene Taschenuhr war ihm da ins Netz gegangen. Sollte ihm sein kauziger Freund Vitus Vocke einen Streich gespielt haben? Der Frühaufsteher liebte es ja, Reusen anderer Fischer einem prüfenden Blick zu unterziehen, um ihnen später leutselig Ratschläge zu geben. Da Inspektionen im Zwielicht ihre Risiken bargen, verstand er das nicht als bloßen Freundschaftsdienst. Ganz unbürokratisch nahm er die Vergütung daher gleich mit vor und platzierte stattdessen mitgebrachtes Strandgut in die Netze. Er sah darin keinen Diebstahl. Eher so etwas wie ein legitimes Tauschgeschäft. Sogar die »ausgleichende Gerechtigkeit« bemühte Vitus, als er ihm auf die Schliche kam, verschmitzt zur eigenen Verteidigung.

Fritjof säuberte den Fang.

»Aber Aal gegen Silber? Nee.«

Die Krebse schüttelte er aus dem schadhaften Sack ins Meer zurück und schob ihn ineinander. Wuchtig schleuderte er das mitgebrachte Netz hinaus, wandte sich der zweiten Reuse zu, um auch diese an Land zu ziehen. Statt Zander oder Stint erneut eine Überraschung. Ein bläulich schimmernder Porzellanteller. Er wischte den Algenbesatz ab. Ein ungewöhnliches Motiv kam zum Vorschein: Eisschollen bedrängten ein Segelschiff. Offenbar irgendeine polare Szenerie. In seiner Gegend kam so etwas nicht auf den Tisch. Fritjof hockte sich auf die Steine und starrte Richtung Elbe.

Der Mond schrieb unablässig warnende Hieroglyphen auf die Oberfläche. Unwissende konnten all die Linien, Wirbel und Kräuselungen nur vage deuten, ignorierten sie bisweilen sogar leichtfertig. Wie ein Leuchtfeuer war erst vor Kurzem die Nachricht von einem tragischen Zwischenfall durch die Gegend gegangen. Überall sprach man mit Fassungslosigkeit darüber.

Aus dem Rheinland stammte er, der maritime Analphabet. »Wollte vor der Verlobten schneidig erscheinen, ihr zeigen, was für ein toller Hecht er sei.«

Fritjof schüttelte den Kopf und warf einen flachen Stein, der zwei Mal keck über die Wellen hüpfte, nur um doch von einer nachfolgenden verschluckt zu werden.

Vitus munkelte, er habe sich trotz besorgter Zurufe zu sehr vom Stack entfernt. Erfasst von einer unterseeischen Strömung, zog es ihn sofort unter Wasser. Er soll ein guter Schwimmer gewesen sein. Die Gewissheit vom Ableben des Sommerfrischlers brachten Tage später Dithmarscher Fischer, die den Leichnam am anderen Ufer bei Friedrichskoog angespült fanden.

»Und schaut alles so idyllisch aus ...«

Nachdem er die dritte Reuse ausgetauscht und zusammengepackt hatte, frischte der Wind etwas auf.

An der Quelleransammlung hinter der Flutlinie aus allerlei Angeschwemmtem konnte er nicht vorbeigehen, ohne mit dem Taschenmesser ein paar Strünke mitzunehmen. Als Beilage passte der salzig schmeckende Wattsalat hervorragend zu Bratfisch.

Auf dem Deich schaute der Fischer nochmals zurück. Der Stack glich von hier aus dem Bug eines Havaristen, der trotzig die Wellen durchschnitt.

Die Schleuse

Er wählte den Trampelpfad, vorbei an Marschwiesen. Schilfbestandene Entwässerungsgräben wiesen ins Inland. Längsseits blühten Sumpfdotterblumen;

Schwebfliegen und Bienen summten in der schwülen Luft. An sumpfigen Stellen verströmten Binsen, Mädesüß und Labkraut ihren Duft. Der hohe Himmel war tückisch, sandte eine Stille ins Land, in der Gedanken zu einer Lautstärke anwuchsen, die einem Brüllen gleichkamen. Fritjof beschleunigte. Derweil setzten Gruppen von Möwen, Kiebitzen und Austernfischern zum Sinkflug an, gesellten sich im weiten Grün zu ihren Artgenossen.

Er gelangte schließlich zur Allee. Dort zurrte er die Reusen auf dem Gepäckträger seines Fahrrads fest und fuhr los. Nur unzureichend vermochten die Vollgummireifen die Stöße des Kopfsteinpflasters abzufangen, weshalb er Schlaglöchern in Schlangenlinien auszuweichen suchte.

Er näherte sich Bauer Piekendorns Gehöft und trat in die Pedalen, um vorbeizufahren. Der alte Hajo galt nicht zu Unrecht als Hauptstelle der hiesigen Flüsterpost.

»Moin, Fritjof«.

Notgedrungen bremste er ab.

»So früh schon unterwegs?« Der Bauer stützte die verschränkten Arme auf die Mistgabel, hob den Fuß und kreuzte ihn vor das linke Schienbein. Forderndes Muhen drang aus dem Stall.

»Jo.«

»So gesprächig heut?« Hajo blickte aus verkniffenen Augen.

»Die Finken sind für den Hahn eingesprungen. Aber ich schlafe zur Zeit eh kaum.«

»Verstehe. Wir vermissen ihn auch, den Otto. Ehrlich.«

Fritjof schaute zu Boden. Der Hofhund fing an zu bellen und jagte einer Katze bis zum Ende der Kette hinterher.

»Ich, äh ... will ja nich neugierig sein ...« Piekendorn hielt inne, sah sich verstohlen um. Außer tief fliegenden Schwalben war niemand zu sehen. »Hast du's dir überlegt?«

»Hajo. Ich bin Fischer. Immer gewesen. Ob hier am Stack oder damals vor Island. Aber Wirt?« Er winkte ab.

»Also bleibt die Kneipe dicht?«

»Hm«, bejahte er kopfnickend.

»Ach«. Der Bauer nahm seine blaue Mütze und wischte sich mit dem Ärmel übers schweißverklebte Haar. »Mit dem Otto brauchten wir kein Lichtspielhaus nich. Hat stets was zum Besten gegeben. Wat hebbt wi grölt.[3] Dem ging der Stoff nie aus. Un Neuigkeiten wusste er vor alln annern.«

»Ja, so war er.« Fritjof zog an der Handbremse. »Habt die Gutmütigkeit manches Mal ausgenutzt«.

»Nu werd mal nich ´n Pfennichfuchser. Dat büschn Ankreiden.«

»Apropos Anschreiben: Muss jetzt. Seine Bücher durchgehen.«

---

[3] Was haben wir gelacht.

»Na, denn man tau. Du, aber sech mol: Wie war's am Stack? Was gefangen? Also, der Vitus neulich ...«

»War ne flaue Tide. «

»Fürn Aal oder Taschenkrebs könnte ich dir ein paar Eier geben«, sprach Hajo unbekümmert weiter.

»Nur lütje Krabben.«

Piekendorns Angebot lief auf ein Minusgeschäft hinaus. Taschenuhr und Porzellanteller verschwieg Fritjof erst recht, um das Gespräch nicht noch weiter fortführen zu müssen.

»Liegt was in der Luft.«

»Ja. Dein Misthaufen. Stinkt erbärmlich heut.«

Beide mussten lachen.

Piekendorns Frau schlurfte grußlos mit einer Gans aus dem Stall und verschwand im Halbschatten. Sie setzte sich auf einen Schemel und begann zu rupfen. Gibt Gewitter.« Hajo Piekendorn reckte den Stiel. »Wird diesig. Sattel die Hühner und seh to, dat du nich eins obs Dach kriegen deist. «

Froh über den geglückten Absprung radelte Fritjof weiter. Der Weg führte ihn vorbei an Wiesen. In einiger Entfernung sensten zwei Landleute in der vibrierenden Sommerhitze Gras. Er begann seine trockene Kehle zu spüren.

Bilder der vergangenen Wochen kamen hoch. Otto, leblos auf dem Boden liegend zwischen Stühlen und Tischen. Den Feudel in der Hand. Ein Keulenschlag. Petersen, der nachträglich den Infarkt lediglich bestätigen konnte. Tagelang saß Fritjof wie betäubt herum. Die Gezeiten spielten derweil am Stack mit den verwaisten Reusen, nur Vitus schaute täglich bei ihm vorbei.

Mit schrillen »Wieh-wieh-wieh«-Rufen sausten Mauersegler über ihm. Er bemerkte sie ebenso wenig wie den betörenden Duft der Lindenblüten.

Unter großer Anteilnahme war die Beerdigung verlaufen. Ein vorerst letztes Mal füllte sich nach dem Friedhofsgang der Gasthof. Trine vom Nachbarhof half gerne aus. Fritjof hatte bereitgestellt, was der Keller hergab. Lobreden erfüllten die Räumlichkeiten, wechselten mit einer Runde ab. Jeder versuchte, den Vorredner zu übertreffen. Man forderte inzwischen, die Schankwirtschaft fortzuführen. Auch Laurenz Haferkamp trat zur lauter werdenden Gesellschaft hinzu. Als ehemaliger Bürgermeister hatte sein Wort Gewicht. Fritjof lächelte nur gequält.

Schlanke Schwarzerlen säumten den Kanal, der in die Schleuse mündete. Wie Vorhänge schwankten die Zweige der Trauerweiden. Sie gaben den Blick frei auf die Schenke. Das grau-braune Reetdach verzierten Moosinseln. Fritjof schob das Rad auf dem Kiesweg zum Schuppen. Hier lagerten seine Fischereiutensilien. Es roch nach Teer und Ölzeug. Am Boden Fangnetze verschiedenster Maschengrößen, Tampen zu Wanderdünen ineinandergeschoben, in einer Ordnung, die nur er übersah. Manche Haufen enthielten Netzreste und kleinteiliges Strandgut, alles zur späteren Verwertung zusammengetragen. In den Ecken Drahtrollen, auf der

Werkbank eine kleine Holzkiste voller Netznadeln zum Stricken und Flicken der Reusen. Er umkurvte zwei Weidenkörbe, hängte die Netze neben die Angelruten. Dann schloss er ab. Eine auffrischende Brise rauschte hell durch die Baumkronen der Pappeln, die den Schleusenhof umschlossen.

Die Zeit bis zum Abend musste er seiner finanziellen Situation widmen. Sollte er den über hundertfünfzig Jahre alten Hof verkaufen? Das rote Backsteinhaus mit weißem Fachwerk war äußerlich erstaunlich gut erhalten. Otto hatte für Reparaturen zeitlebens auf fachkundige Hände zurückgreifen können. Solcherlei Netzwerk war ihm eher fremd.

Fritjof schlurrte an der Theke des Hauptraumes vorbei in den dunkel getäfelten Nebenraum, in dem der stattliche, doppeltürige Bauernschrank stand. Ein Prachtstück von hellblaugrauer Farbe mit filigranen Blumen-Motiven. Neben dem Sinnspruch ›O tacitum tormentum animi conscientia‹[4] prangte die Jahreszahl 1796. Hier hatte der Stiefvater sämtliche Kladden nach Jahren aufgereiht verwahrt. Er begann im letzten Band ›1925‹ zu blättern. Ottos enge kalligrafische Schrift.

Vor dem inneren Auge sah er ihn jetzt wieder. Vornübergebeugt, zu mitternächtlicher Stunde in schreibender Tätigkeit versunken. Lächelnd streichelte er die Seiten, wenn die Tinte trocken war. Hochgezo-

---

[4] O Gewissen, du der Seele stille Folterqual.

gene Lider ließen die Augen runder und damit zufrieden wirken. Rote Zahlen hingegen zerknitterten ihm Stirn und Stimmung. Es war letztlich diese Disziplin, durch die er sich aus dem Elend des Hamburger Gängeviertels emporgearbeitet hatte. Sie wurde sein Lebensmotto.

Das System der Aufzeichnungen war überraschend einfach. Neben Gästenamen war das Verkonsumierte aufgelistet, daneben, ob bezahlt wurde. Zwischensummen, Überträge - alles auf der Folgeseite vermerkt. Ein Leichtes, Ausstehendes zusammenzutragen.

Beim Durchsehen fiel ihm eine nahezu leere Spalte auf, die an wenigen Stellen unleserliche Kürzel aufwies. Er blätterte hin und her. Einzelne wie Haferkamp, Piekendorn und andere, die zum engeren Freundeskreis gehörten, wiesen die meisten Lücken auf. Es war die Ausnahme, dass sie überhaupt gezahlt hatten, was Fritjof der Großzügigkeit Ottos zuschrieb.

Fünfmal gongte es aus dem Hauptraum. Er blickte erstaunt auf.

»Hm, wo ist die Zeit geblieben?«, brummte er. Einerlei, der Ausflug in die dröge Welt der Zahlen reichte ihm ohnehin fürs Erste. Er entschied, lediglich Außenstände der letzten zwei Jahre herauszuschreiben und den Rest zu vergessen. Hier lebte niemand auf großem Fuß. Man half oder tauschte. Immerhin hatte dieser über Generationen aufgeworfene Deich der Hilfsbereitschaft auch gegenüber den aberwitzigen Preissteigerungswellen der Inflationsjahre gehalten.

Fritjof ließ die Kladde liegen, so wie sie war. Er stieg die Treppe zur Wohnung hinauf, hielt vor Ottos Schlafzimmer inne. Die eigenen Eltern, die das Zimmer einst genutzt hatten, waren ihm nur schemenhaft in Erinnerung geblieben. Mehr ausgehend vom verblichenen Foto, das er in einer Schublade verwahrte. Marschenfieber hatte beide 1883 in kurzer Folge dahingerafft. Die Großeltern waren bereits zuvor aus dem Leben geschieden. Als die Tragödie ihren Lauf nahm und den Dreijährigen zur Waise machte, war es Glück im Unglück, dass sich der Nachfolger der Schenke, Otto Bolhöfer, des Waisenkinds annahm.

Er drückte die Klinke, nahm die Stufe und trat vorsichtig hinein. Totenstille. Umso lauter ächzten die Holzdielen bei den nächsten Schritten. Zwei Bretter klangen überraschend hohl. »Hm. Ist wohl was morsch darunter«, dachte er.

Es zog wie Hechtsuppe, unten knallte die Tür zu. Die Stelle hatte auch bis morgen Zeit. Er ging in den Keller, griff vier Flaschen Bier und zwängte sie zu den in Leinentücher gewickelten Fundstücken und dem Queller in seinen Rucksack. Mehr passten nicht hinein. Leider. Es wetterleuchtete.

Sturmnacht

»Nein! Tu's nicht!« Fritjof ließ das Fahrrad fallen und eilte von der Gartentür heran.

Vitus drehte sich erstaunt um. Er trug ein hellgrau verwaschenes Fischerhemd mit blauen Längsstreifen. Freundliche Augen blinzelten aus dem wettergegerbten Gesicht. Sein zerzauster Bart verlieh diesem eine rundliche Abgeschlossenheit. Er hielt wie erstarrt aufgerollte Geldscheine in die Luft, in der anderen Hand ein brennendes Streichholz.

»Ach du«, grinste er und wedelte mit den Banknoten. »Keine bange. Is die Reichsmark«.

»Und ich dacht schon, du bist übergeschnappt.«

»Wollte Aale räuchern. Förn ollen Haferkamp. Kriegt Besuch die Tage. Piekfeine Gesellschaft.«

»Bei dem Wetter?«

»Ja, ja« brummte Vitus. »Soll man nicht, ich weiß. Aber die müssen fertig werden. Vielleicht ziehts ja vorüber. Morgen is Lieferung.« Er zündete erneut ein Hölzchen an der Wand des Räucherofens. Der Phosphor sprühte zischend auf und schon fraß sich die Flamme durch die endlosen Nullen.

»So fix geht schnöder Mammon dahin.« Er legte das brennende Bündel ins Stroh, das sofort zu knistern anfing. Flugs bestreute er die orangefarbenen Zünglein mit Holzspänen.

»Und denk dir: Den ganzen Sack hier, allns für blos een dicken Karpfen. Millionen, ach, wat sech ich, Billionen! Vom Müller. Sin Kinners, die brauchten die Batzen nich mehr. Nachdem sie alles damit gebaut hatten - Schlösser, Türme, Burgen un so - da verging ihnen wohl die Lust daran. Da lags nur noch rum. Ich jedenfalls kanns gebrauchen. Zum Anfeuern - oder förn Donnerbalken.

»Ein reicher Fischer! Sieh an!«

Fritjof schnupperte am Bottich mit den Aalen. »Ah, deine Spezialmischung.«

»Jo, förn Haferkamp nur dat Beste. Die Torpedos zogen bis gestern inner Lake. Wacholderbeeren, ´n büschn Knoblauch. Sind schon trocken. Hilfst mir?«

Geschickt, wie sie waren, brauchten sie nur Minuten für die armlangen Fische, um sie ans Gitterrost zu hängen.

»Nu erfährst du mein Geheimnis!« Vitus streute Zucker mit abgespreiztem kleinen Finger auf das Holzmehl, verteilte Zwiebelhälften darauf und garnierte das Ganze schlussendlich mit Thymianzweigen. Er schloss den Ofen, der ordentlich paffte. Fritjof nickte mit Kennermiene.

Plötzlich frischte der Wind auf. Blätter zitterten an den Ästen, Amseln und andere Vögel flogen aus den Büschen in südliche Richtung davon. Sie nahmen das milchige Sommerlicht gleich mit.

»Moment.« Er hob den Kopf himmelwärts. »Die war eben noch nicht da.« Eine Wolkenwand dräute von

Seeseite. An den Rändern wirbelten Wolkenfetzen. Sie sahen aus wie Krallen, die nach dem Land zu greifen schienen. Dumpfes Grollen nahte.

»Jo, sieht bös aus! Schnell rinn. Hab eh was auf dem Herd.«

Da zuckte ein heller Strahl auf, gefolgt von gewaltigem Krachen. Vitus hinkte zur Tür, sofort setzte der Regen ein.

Es war eine Kate von sonderlicher Bescheidenheit, ja Ärmlichkeit. Ob das windschiefe Fachwerk vom ausgedünnten Reetdach zusammengehalten wurde oder umgekehrt, war nicht wirklich zu unterscheiden.

Beide schauten aus den Fenstern. Fahlgelbes Leuchten über den Feldern. Etwa hundert Meter entfernt schlug der Blitz in einen Baum ein. Flammen erleuchteten ihn wie eine Fackel, die durch den Wolkenbruch jedoch ebenso rasch erlosch.

»Immerhin blifft wi dröge.«

Vitus wandte sich der Küchenecke mit dem Herd zu und zündete die Karbidlampe an. In einer gusseisernen Pfanne simmerten Bratkartoffeln. Kopf und Schwanz eines kapitalen Hechts lugten über den Rand einer weiteren. Zwei, drei Holzscheite, und die Butter unter ihm brutzelte.

Unterdessen zog Fritjof seine Fundsachen hervor.

»Hier, das ging mir heute Morgen ins Netz.«

Vitus drehte sich um.

»Ha, oller Plunder.«

»Nu schau doch erst mal hin, alter Gnadderpott.«

»Ja, ja. Na, gebs ja zu, ´n ungewöhnliches Motiv. Nich von hier. Nordpol oder so. Und ob die Uhr man wedder inne Gänge kommt?«

»Ich zeig sie dem Goldschmied. Er wird taxieren, was sie wert ist. Aber der Teller - auf dem landet jetzt dein Fisch.«

Beide ließen es sich schmecken. Vitus war ein tüchtiger Koch, der es verstand, aus einfachsten Zutaten etwas Schmackhaftes zu zaubern.

»Ich nehm an ... Hach, verflixt«, Vitus pulte mit den Fingern einige Gräten aus dem Mund. »Denke, die Strömung is anners worn. Schon vorm ersten Wumms.«

»Du meinst, das könnte was mit dem Unwetter zu tun haben?«

»Jo«. Er hob seine Augenbrauen vielsagend und raunte: »Sind Vorboten. Glaubs mir!«

»Nu tün man nicht gleich rum. Was soll das denn bedeuten. Eine stehengebliebene Uhr ...«

Es donnerte, als ob im Gebirge ein Felsen gesprengt würde.

»Trink das Bier aus! Wird sonst verdünnt, wenn die paar Halme über uns ihren Dienst aufkündigen.«

Er tat, wie ihm geheißen. Fritjof stellte die Flasche geräuschvoll auf den Tisch.

»Tja, nun brauchts ein zweites Wunder des Heilands«.

»Welches denn?«, meinte Vitus schmunzelnd. »Die Speisung der Fünftausend?«

»Das erste meine ich.«

»Oh, hab ich wohl inner Predigt verschlafen.«

»Lies es doch selbst nach.«

»Ich? Lesen? Ne, ne. Dat wör mir schon inne Schol verleidet. Liest du etwa?«

»Ja.«

»Schau an! ´n gebildeter Fischer. Dat is ja mal wat.«

»Immer noch besser als Rumgammeln.«

Das Rauschen wich einem knatternden Geräusch. Es begann zu prasseln, dass sie ihr eigenes Wort nicht mehr verstehen konnten. Draußen wurde im Zwielicht ein Tanz von Hagelkörnern aufgeführt, der sich wie bei den Derwischen bis zur Ekstase steigerte. So laut und tonangebend fielen sie in Massen, dass der Donner nur noch begleitete. Unberechenbare Paukenschläge eines Betrunkenen. Bläulich zuckte es über den Feldern auf, erhellte in rascher Folge den niedrigen Raum.

Als der Hagel endlich nachließ, grollte es schon in der Ferne. Sie schauten vor die Tür. Etwa handhoch lag eine Hagelschicht, durchmengt mit Blättern, Zweigen.

Die umstehenden Bäume reckten ihr schütteres Blattwerk trotzig in den Himmel.

»So ein Unwetter habe ich noch nicht erlebt!«

»Jo.«

Beide setzten sich wieder.

»Wat wör dat erste Wunner nochmal?«

»Er verwandelte Wasser in Wein.«

»Na - Bier wär mir lieber.«

Sie lachten.

»Du liest also?«, bohrte Vitus nach einer Weile weiter. Er machte sich an einer Petroleumlampe zu schaffen. Sie gab zu wenig Licht und blakte ihm zu stark.

Fritjof grinste und rückte vom Tisch, schlug die Beine übereinander. Im Küchenherd knisterten die Scheite. Er fühlte sich behaglich.

»Reiseberichte aus fernen Ländern. Moby Dick, Schatzinsel. So was. Rausfahren geht ja nicht mehr. Der Duft der weiten Welt - das fehlt mir.«

»Na, mit halber Lunge, da bleibt einem durchaus mal die Luft wech.«

»Die Tuberkulose hat mich aber auch gerettet.«

»Moment. Hest du nich secht, dat Freund Hein bereits an deiner Bettkante stand?«

»Ach, Unkraut vergeht nicht. Hab ihm ein Flügelchen überlassen. Ein Tauschgeschäft.« Er zwinkerte ihm zu. »Davon verstehst du doch was. Außerdem ging der Kelch der Einberufung an mir vorüber. Untauglich für die Front. Sonst wäre er mir von Neuem erschienen, in irgend so einem dreckigen Graben von Verdun.«

Eine Pause entstand.

»Wüst ist´s draußen. Bleib einfach über Nacht. Morgen is auch noch ´n Tach.« Vitus kratzte die Essensreste von den Tellern in den Zinkeimer.

»Ich bin zwar nich bibelfest. Aber ´n Schwank aus meiner Heimat, den könnt ich zum Besten gebn. ›Vom Wasser zur Milch‹. Erzählte man sich früher im Gängeviertel.«

Fritjof kaute auf dem Pfeifchen, während er die Spielkarten mischte.

»Also: 'n Milchhändler behauptete, seine Milch niemals gestreckt zu haben.«

»Soso.«

»Den Berufsgenossen ging dat natürlich gehörig gegen den Strich. Da heckten sie 'n Streich aus. Inner Gaststube. Sie hatten zuvor 'n paar lüdde Aale in den Handeimer des Unbescholtenen gleiten lassen. Bis zum Rand stand die Milch.«

»Und denn?« Fritjof teilte die Spielkarten aus.

»Da stürzte einer inne Stuv. Schrie Zeter und Mordio. 'n Fuhrwerk habe ihm sämtliche Kannen umgestoßen, alle Milch verschüddet. So behauptete er.

›Oh, ihr müsst mir aushelfen!‹«

Vitus streckte beide Arme theatralisch flehend zur Decke. »Die am Tisch beteuerten: ›Wi hebbt nix mehr‹.«

»Ganz schön abgekocht, die Bande.«

»Ha, ein abgekartetes Spiel. Unser Milchmann sprang auf, um dem Unglücklichen beizustehen. Un holte seinen Eimer. Unter den Augen aller schüttete er die Milch in die Kanne. Als zuletzt die Fische hinterher flutschten - Jo, da wör lautes Gelächter un Schenkelklopfen. ›Wir hebbt wohl Wasser togeschüttet. Aber du, du hast man noch viel tiefer gelangt. Du hast sogar Aale gefischt.«

»Apropos Aale - du musst deine aus dem Ofen holen.«

»Ach, ganz vergessen. Werd schon tüdelig. Mook wi. Und dann kloppen wir ne Runde.«

Vitus verschwand und kam nach wenigen Minuten zurück.

Auch ohne dritten Mann wurde es eine muntere Skatrunde, die bis spät in die Nacht andauerte.

Verwehte Zeit

Gespenstische Ruhe am nächsten Morgen. Jede Bewegung geriet zu einem Ereignis. Mit dem Unwetter war alles Kleingetier ins Landesinnere vertrieben worden. Die drückende Elektrizität des gestrigen Tages war verschwunden, die Luft kühl, klar wie Kristall.

Auf dem Rückweg schob Fritjof das Fahrrad. Unmöglich, der Vielzahl abgebrochener Äste fahrend auszuweichen. An einer Stelle blockierten umgestürzte Bäume jegliches Vorankommen. Er wurde erst jetzt einer etwa zwei Dutzend Meter breiten Spur der Verwüstung gewahr, welche die Landschaft durchzog. Vom Deich kommend überquerte diese die Straße und reichte Richtung Altenbruch bis zum horizontnahen Knick. Nackte Stämme, seltsam verdreht, entrindet, auf halber Höhe abgesplittert. Als hätte eine Riesenhand die Kronen ungeduldig abgerissen. Er sah Pappeln wie Streichhölzer umgeknickt. Plattgewalzt das Getreide hinten auf den Feldern. Selbst der kleine Teich unweit der Schleuse führte kaum noch Wasser.

Ein eigentümliches Gefühl beschlich Fritjof. Denn die Szenerie, durch die er wie ein Fremder lief, hatte etwas Beklemmendes. Als ob die Zeit gewaltsam zum Stehen gebracht worden war.

»Wie es wohl um die Schenke stand?«, schoss es ihm durch den Kopf.

Er umrundete das Fachwerkhaus. Im Garten hatte ein knorriger Apfelbaum dem Wüten der Elemente nachgegeben und im Fallen ein Fenster eingeschlagen.

»Gibt ne Menge Arbeit«, brummte er. Der Hof musste vom windgeernteten Grünzeug befreit werden. Ansonsten aber hielten sich die Schäden in Grenzen. Er hatte Schlimmeres befürchtet.

Aus dem Keller holte er Säge, Besen, Handfeger und Schaufel, und lief damit zum älteren Trakt. Die Tür des betroffenen Zimmers war verschlossen. Doch auf Ottos Ordnungsliebe war Verlass. Er wusste, wo zu suchen war. Hinter der Theke unterhalb der Spüle hing ein hölzerner Kasten mit sämtlichen Schlüsseln des Hauses. Ihm fiel sofort der verschnörkelte Schlüssel aus Messing ins Auge, mit kleinem Wappen im Griff.

Mit diesem öffnete er und sah ins Halbdunkel. Er konnte sich nicht erinnern, wann er den Raum zuletzt betreten hatte. Seit mindestens zwanzig Jahren hatte er nur noch als Abstellkammer gedient. Sessel, Stühle, ein Tisch, alles abgedeckt mit angegrauten Laken.

Über dem Fenstersims ragte der knorrige Ast des Apfelbaums mitten in die Stube. Ein Regal war umgeworfen, die Tapete eingerissen. Regen hatte die Wand eingeweicht, einige Tapetenbahnen hingen abgerollt herunter.

Fritjof fuhr mit dem Finger den Fensterrahmen entlang. Mittelleisten und Fensterscheibe fehlten. Die zertrümmerten Reste lagen zerstreut auf der Diele. Geld für den Glaser hatte er nicht übrig. Da mussten Bretter ausreichen, um das leckgeschlagene Zimmer notdürftig abzudichten.

Er sägte den Ast und die dicksten Zweige in der Stube ab und warf sie in den Garten hinaus.

Nachdem er Scherben und Blätter zusammengefegt hatte, machte er sich wieder auf zum Schuppen, um passende Hölzer zu suchen. Zwischen dem aufgehäuften Strandgut fand er Planken, die er auf die nötige Länge kürzte. Mit Hammer und Nägeln bewaffnet ging er, die Behelfsabdeckung unter dem Arm, zurück über den Hof. Aus dem Gastzimmer der Schenke holte er eine Petroleumlampe. Sonst stünde er nach dem letzten Brett im Dunkeln.

Mit ein paar kräftigen Schlägen war das Fenster vernagelt. Ein Ziehen im Brustkorb zwang ihn zur Pause. Schnaufend glitt er in den Sessel, wobei sich ein feiner Staubnebel erhob. Der Hustenanfall trieb ihm Tränen in die Augen.

Verschwommen sah er die zuckende Flamme der Lampe im erblindeten Spiegel, Schatten zappelten an der Wand. Er blickte auf oval eingerahmte Fotografien seiner Großeltern. Sie hatten diesen Flügel des Hauses bewohnt. Am Deckenbalken aus Eichenholz hingen getrocknete Kräutersträuße, die beim bloßen Anblick fast zu Staub zerfielen. Daneben ein Trankrüsel, der in längst vergangenen Tagen die Diele bei einfallender Dunkelheit notdürftig erhellte. Links ein Aussteuer-Koffer mit Rädern. Alles atmete die muffige Luft des abgelaufenen Jahrhunderts.

Er erhob sich und beleuchtete die kleinen Porträts. Was für Augen, die da an ihm vorbeiblickten. Der Mann schien vom Baum einer schlimmen Erkenntnis gekostet zu haben. Das war nicht der Schreck ob des unerwarteten Magnesiumblitzes, der da die tiefen Augenhöhlen verschattete. Sonderbar, dieses Antlitz. Großmutter hingegen hatte eine vollkommen andere Ausstrahlung. Wohl in ihren Endsechzigern aufgenommen, die ergrauten Haare zu einem Dutt gesteckt, blickte Alma den Betrachter gütig direkt an. Ungewöhnlich für die Zeit. Sittsam versanken ihre Hände im Schoß. Ein Bildnis der Frömmigkeit.

Die kurze Pause tat gut. Fritjof rieb das Tapetenpapier zwischen den Fingerkuppen. Nach dem Durchtrocknen der Wand würde er sie erneut anbringen. Erst jetzt fiel ihm das freigelegte Makulaturpapier auf. Uralte Ausgaben des Cuxhavener Tageblatts. Er hob die Lampe und begann Überschriften, Anzeigen und Abschnitte zu überfliegen. Ein Artikel vermeldete für einen 15. Januar aus London:

»Zu wohlthätigem Zwecke fand gestern in St. Leonards bei Hastings eine offizielle Aufführung statt, nämlich 2 öffentlich gespielte Partien Schach mit lebenden Figuren. - Die Figuren, sämtlich von Mitgliedern der ersten Gesellschaft dargestellt, trugen prächtige Costüme aus der Tudor-Periode, eigens zu diesem Vorhaben entworfen und angefertigt, und von wirklich bezauberndem Glanze. Als Farben wurden Rot mit Gold, respective Weiß und Silber gewählt. Die Spieler waren the Honorable Reginald Capell und Mr. W. Shadtorth-Boger. Rot (Capell) gewann die erste Partie, erlitt jedoch in der zweiten nach kurzem Spiel eine frühe Niederlage. Die ganze Vorstellung, welche ein glänzendes finanzielles Resultat ergab, ist auf directer Anregung und unter den Auspicien des Lord Brassey, des berühmten Weltreisenden in Scene gesetzt worden«.[5]

»So ein Mummenschanz. Sollte lieber weiter reisen, solange er kann, der werte Lord.«

Er holte seine Pfeife heraus. »Wann war das?« Das Licht flackerte, das Lesen fiel ihm schwer. Bald würde er doch eine Brille brauchen. Dem unteren Anzeigenteil konnte er ›1891‹ entnehmen.

»Seltsamer Zufall - gestern erst habe ich am Stack an diese Zeit denken müssen.«

Er blieb interessiert an einem Artikel aus dem See- und Strombericht hängen. Mitteilungen über den fürchterlichen Winter seinerzeit, in dem mehrere Schiffe von Eisschollen zerdrückt sanken. Er spielte in der Hosentasche mit der silbernen Uhr.

---

[5] Originalzitat Cuxhavener Tageblatt, Januar 1891

Eisgang voraus

Vom Stack schallte das Knirschen, Krachen und Rumpeln aufeinanderprallender Eisschollen. Treibendes Grundeis stieg an seichteren Stellen an die Oberfläche, wurde weitergeschoben. An Sandbänken hob es polternd die Eisdecke, wo es mit donnerndem Getöse barst.

Vierzig Jahre lang hatte das Land nicht einen solch bitterkalten Winter erlebt. Ein frostiger Nordost schickte sich an, die Quecksilbersäule erstarren zu lassen. Die Lage wurde für die Schifffahrt täglich bedrohlicher. Bereits im Spätherbst hatte es erste Eissichtungen auf der Elbe gegeben. Für manche Seeleute unheilvolle Omen. Seit Jahresbeginn fror der Strom in seiner gesamten Breite nahezu völlig zu. Immer mühsamer, ja verzweifelt kämpften Schleppdampfer um letzte dünne Fahrrinnen, graue Striche hinterlassend, die sich doch dem übermächtigen Weiß fügen mussten. Oberhalb von Untiefen, meterhoch, schräg aufgetürmte, ineinandergeschobene Schollenberge. Sie wuchsen täglich. Selbst große Schiffe kamen kaum noch durch. Man zählte von Hamburg kommend eine Barke, zwanzig See- und zwei Fischdampfer sowie sechs Schlepper, die hilflos im Eis umhertrieben. Oft war eine zerschmetterte Schiffsschraube der Grund. Von vier Besatzungen wurde bekannt, dass ihnen die Flucht über das Eis gelungen war. Ein halsbrecherisches Unternehmen auf tückischem Untergrund.

Im Westen kündeten schwarze Rauchwolken am nachmittäglichen Horizont das Nahen eines Dampfers. Die dunkle Silhouette des senkrechten Bugs arbeitete sich durch unruhigen Eisschlamm. Aufbauten traten langsam aus dem Nebel, eine Flagge. Schlürfend klatschten die Wellen. Aus England stammte er, nahm den Ringkampf in der Mündung auf. Einzelne rohe Brocken, gefrorene Platten schabten mit warnendem Kratzen an der Bordwand entlang.

Unten im Maschinenraum befolgte man den Befehl, eine Schippe draufzugeben. Hamburg, das Ziel, sollte schnellstmöglich erreicht werden, bevor es ernster würde. Trotzige Rußschwaden quollen darauf aus dem Schornstein. Die Heizer schufteten nach Kräften. Kohlenstaub und Schweißtropfen machten den Boden schmierglatt. Zischend entwich Dampf aus den Ventilen der überhitzten Kessel.

Doch der Strom hielt seine Trümpfe in der Hinterhand. Ganz gelassen. Es sollte sich schon bald erweisen, dass der Kapitän der *Kaffraria* die Einfarbigkeit dieses Blattes unterschätzt hatte. Einsetzendes Dämmerlicht würde dem nassen Element zusätzlich in die Karten spielen.

Von Neuwerk aus blinkte das Licht des Leuchtturms. Ein glitzernder Schein in hereinbrechender Dämmerung. Das Bauwerk gehörte trotz seiner Lage in der Elbmündung zu Hamburg.

Unvermittelt verschwand das Eis fast gänzlich. Erleichterung machte sich auf der Brücke breit.

Wenige Minuten darauf setzte eine gräuliche Eismasse schier aus dem Nichts zum Angriff an. Ein Ausweichen - unmöglich. Panisch hallten die Befehle durch die Kupferröhren: »Stopp die Maschinen!« - »Rückwärts!« - »Volle Kraft zurück!«

Ein ungeheurer Stoß - der Steamer hüllte sich selbst in Dampf und Rauch ein. In dem Wirrwarr an Deck ertönte die Stimme des Kapitäns:

»So drosselt doch! Anker setzen!«

Rasselnd sauste das schwere Eisen in die Tiefe, prallte auf einer Scholle ab und blieb nutzlos darauf liegen. Es wurde wieder eingezogen. Die sofort erfolgte Untersuchung ergab keinerlei Schäden. Aufatmen. Vorsichtig wurde Fahrt aufgenommen.

So verhallte der Schuss vor den Bug ungehört.

Mit den Eismassen nahm auch die Geschäftigkeit der Mannschaft zu. Lange Stangen dienten der Abwehr auf die Bordwand zusteuernder Brocken. Ein lächerlich anmutendes Kräftemessen, Eisen gegen Eis.

Da, ein rumpelndes Schleifen. Grundberührung? Aufgrund der mitgeführten Hausbrandkohle lag der Tiefgang bei über vier Metern. Außerdem war Ebbe, eine Weiterfahrt ohne Lotse hochriskant.

Hilfe wurde angefordert. Flackernd stieben Raketen in die Höhe. Allerdings verglomm das Rot wirkungslos am Himmel. Wie hätte irgendein Boot durchkommen können. Dem eigenen Schicksal überlassen, lavierte sich die *Kaffraria* ächzend allein durchs Treibeis voran bis Cuxhaven.

Nach fast einer Stunde lag das Schiff schließlich mit Stahltrossen am Bollwerk der *Alten Liebe*. Der Abstand zum Kai betrug etwa neun Meter. Während die Matrosen damit beschäftigt waren, diesen zu verringern, erschien Hafenmeister Alfons Buhne. Er gab Signal, dass der Eingang zum Port gesperrt sei, und rief der *Kaffraria* zu, die Trossen seien umgehend zu lösen, der Hafen für Feuerschiff und Lotsenboote freizuhalten. Mehrfach schlug er, das Gesicht umgeben von stoßweisen Atemwölkchen, mit beiden Armen wedelnd auf den Oberkörper ein, um sich warm zu halten. Dann verschwand er.

Ratlosigkeit herrschte an Bord. Kapitän Barron und der Erste Offizier Taylor berieten, was zu tun war. Mitten in der Unterredung erschien erneut Buhne. Unter Androhung von Strafe verlangte er die sofortige Verlegung hin zum Quarantäne-Hafen. Barron rief mit Entschiedenheit zurück, dass er ihn persönlich für Schäden an Schiff und Ladung haftbar machen würde. Missmutig lösten vier Schipper die Vertäuung. Bald darauf legte die *Kaffraria* am bezeichneten Platz an.

Sie waren von Helgoland gekommen. Erfolgreich war der einwöchige Fischzug in der Nordsee verlaufen. Am Morgen des 7. Januars geriet der Fischdampfer *Platessa* auf der Heimreise nach Hamburg in denselben schweren Eisgang wie die *Kaffraria*. Am Spätnachmittag suchte man ebenfalls einen Liegeplatz in Cuxhaven. Zur Vertäuung dienten faustdicke Trosse, die stärksten an Bord, die um das Pfahlwerk der *Alten Liebe* geschlagen wurden.

Als die *Kaffraria* anlegte, kreuzte bereits ein Schlepper am gleichen Ort. Die kleine Mannschaft des *Borkum* verfolgte genau die Vorgänge rund um den englischen Steamer, da man ebenso den Schutz des Hafens suchte. Einstweilen machte man an der *Platessa* fest. Ein nächstes Manöver sollte beide an geschütztere Anlegestellen bringen.

Unglücklicherweise riss die Trosse des Fischtrawlers mit peitschendem Zischen von der Dalbe[6]. Unmittelbar darauf drückte die Bordwand schon gegen das Schleppschiff. Für Letzteres wurde die Vertäuung zum Fluch. Mit anschwellendem Eisdruck geriet es zunehmend in Schräglage. Quälend langsam, wie in Zeitlupe, legte sich der Schlepper seitwärts. Ohrenbetäubend brach letztlich der Schornstein unter dem eigenen Gewicht. Sein metallener Todesschrei gellte. Panik erfasste die Mannschaft, die nur noch die schneidend kalte Reling umklammern konnte. Sofort klebte die Haut am einzig verbliebenen Halt. Die Eisdrift zwang den *Borkum* backbord gnadenlos in die Knie.

Unmittelbar darauf rammte ein bizarr geformtes Stück Treibeis das sinkende Boot. Wasser und Eisschlamm schwappten über die Männer, die verzweifelt nach Luft schnappten. Auf diese Weise seitwärts ge-

---

[6] Pfähle zum Anlegen und Festmachen

schoben, rissen die Taue, und die rotierende Schiffsschraube schlug Löcher in den Rumpf des Fischdampfers. Die Mannschaft des *Borkum* rettete sich zunächst auf die Bordwand und kletterte an herübergeworfenen Seilen an der *Platessa* empor.

Auf dieser war der Kapitän soeben unter Deck gegangen, um den entstandenen Schaden zu besehen. Dort klaffte ein gut anderthalb Meter langer Riss, den man mit Segeltuch und Holz notdürftig zu schließen suchte. Unterdessen rief jemand von oben, dass man der *Kaffraria* bedenklich nahe komme. Alles stürmte hinauf.

Ein Schneeballwurf nur noch bis zum Engländer. Unausweichlich schien die zweite Kollision. Der schwarze Kiel des Schleppers trieb mittlerweile im Eis davon. Des Unglücks nicht genug, vermeldeten Matrosen, im Heck sei ein noch viel größeres Leck, das unmöglich abzudichten sei. Kaum war diese Nachricht überbracht, stieß die *Platessa* mit Heftigkeit gegen die *Kaffraria*. Wassereinbruch. Schreie. Flucht über das Eis.

Auch den Steamer hatte es übel getroffen. Solchen Stoßkräften konnte die Vertäuung an den Duckdalben nicht standhalten. Nahezu manövrierunfähig trieb er ab. Der Strom übernahm nun das Ruder.

Hastige Wortwechsel. Das Schiff füllte sich rasch mit Wasser. Eine schnelle Entscheidung musste her, um wenigstens Teile der Ladung zu retten.

Nach vielen Bemühungen gelang es, den Havaristen am östlichen Rand der Altenbrucher Bucht beim berüchtigten Glameyer Stack zu setzen. Angesichts der lädierten Schiffsschraube mit halbierter Restruderfläche und aufspritzendem Schlagwasser im Laderaum gab es keine Alternative.

Der Pegelstand erreichte bereits die Maschine.

Bald stand sie still.

Um ein erneutes Abtreiben zu verhindern und Zeit zum Löschen zu gewinnen, wurden alle Anker gesetzt, ein Teil der Mannschaft zum Lenzen, ein anderer zum Prüfen der Eisdecke beordert. Die Entfernung zum Land betrug geschätzte 45 Meter und es dunkelte rasch. Mit Eisenstangen steckten Wagemutige den Weg ab.

Zickzackartig ruckelte eine Kolonne von Kisten über dem zerklüfteten Eis. So sah es aus Sicht der Otterndorfer Bürger aus, die sich, von abgesetzten Notsignalen alarmiert, dem vereisten Stack näherten. Ohne viel Aufhebens packten sie mit an und boten darüber hinaus Unterkunft an. Eine Übernachtung an Bord hielt Kapitän Barron unter den gegebenen Umständen auf jeden Fall für zu gefährlich. Schweren Herzens fällte er den Entschluss, die *Kaffraria* nun ihrem Schicksal zu überlassen. Sollte sie bis zum Morgengrauen nicht gesunken oder abgetrieben sein, würde er versuchen, weiter Ladung zu löschen.

Am Himmel funkelten erste Sterne auf. Eine bittere Kälte kroch langsam an den Gliedern hoch.

Der nächste Morgen. Nebel dampften in kleinen Säulen von der glitzernden Oberfläche empor. Das Thermometer zeigte minus 18 Grad. In der Ferne standen reetgedeckte Häuser und vereinzelte Bauernhöfe. Rauchfahnen zogen in die Winterluft und lösten sich Richtung Westen auf. Einzig das strohgelbe Riedrohr entlang der Entwässerungsgräben lugte aus der eintönigen Landschaft. Dessen Ernte war eingestellt worden. Etliche gehauene Bündel, zu Garben aufgestellt, standen noch auf der krustigen Schneedecke und warfen lange blaue Schatten.

Pünktlich zum Sonnenaufgang traf die Besatzung wie verabredet am Elbufer ein. Von dort betrachtet sah es so aus, als ankere das Schiff schlicht zwischen märchenhaft zusammengefrorenen Formationen. Es lag so, wie gestern Abend verlassen. Barron witterte eine zweite Chance. Zusammen mit Taylor wagte er die tückische Passage hinüber.

Offenbar hatte der Gezeitenwechsel Grundeis unter den Steamer geschoben, eine Annahme, die durch die Tatsache bestätigt wurde, dass der Pegel im Frachtraum gleichgeblieben war. Trügerisch, denn der Tidenhub konnte dem Eismantel mühelos und rasch zu einer ungünstigeren Faltung verhelfen. Da galt es, keine Zeit zu verlieren.

Sofort winkte er die Besatzung zu sich. An Bord teilte er sie auf Laderaum, Deck und Eisdecke auf und hielt sie an, so viele Kisten wie möglich an Land zu bringen. Er selbst wollte mit dem Morgenzug nach

Cuxhaven, um die Havarie anzuzeigen und die ausgestoßene Drohung Buhnes gegenüber wahrzumachen. Zur Bekräftigung seiner Aussage nahm er den Ersten Offizier sowie den Steward als Zeugen mit.

Mit scharfen Besenschwingen fegte jemand die Landplanke. In rascher Folge transportierten die Männer Frachtkisten aus grobem Holz und allerlei persönliche Dinge aus den Kajüten darüber. Der Weg über das Eis war gefährlich. Plötzlich aufbrechende Wasserlücken mit emporquellendem Eisschaum zeugten von der ununterbrochenen Arbeit des Stromes.

So ging es um die zwei Stunden in der Kälte. Am Ufer stapelten sich Kisten. Jemand notierte.

Aus sicherer Entfernung beobachtete eine Gruppe junger Kerle das Treiben, lauter eingemummelte Gestalten. Zigaretten glühten auf. Ihr Rauch war von Atemwolken kaum zu unterscheiden. Sie schwiegen.

Gegen Mittag nahte aus dem Ort ein Trupp von Hilfskräften mit Pferdewagen zum Abtransport. Behände wurde aufgeladen. Der Tross setzte sich in Bewegung. Nachdem er in der verharschten Landschaft verschwunden war, hielt die Gruppe auf einen am Strand zurückgelassen Matrosen zu, der Befehl hatte, die *Kaffraria* im Auge zu behalten.

Einer der Gesellen sprach ihn an. Sein angefettetes Haar stach unter der Mütze wie Stroh hervor. Er drückte mit beiden Armen eine dampfende Milchkanne an sich.

»Moin, Skipper.«

»Moin.«

»Ah, Landsmann?«

»Jo. Aus Hamburch.«

»Das macht die Verständigung einfacher.«

Ihre Blicke trafen sich.

»Wir haben von dem Malheur gehört. Wollten Hilfe anbieten.«

»So´n Glück auch. Die anneren sind grad wech, mit dem, was wir bislang bergen konnten. Bringen die Fracht zum Zwischenlagern. War so ausgemacht mit den Leuten aus Otterndorf.«

»Jo. So sind wir hier. Gastlich und hilfsbereit.«

Es entstand eine Pause. Der Hamburger schaute in vermummte Gesichter.

»Ach. Tschuldigung. Hab uns gar nicht vorgestellt. Heiß Piekendorn. Jungbauer.«

»Angenehm. Voss. Elbschiffer, zurzeit Leichtmatrose auf der *Kaffraria*.«

Beide reichten sich die Hand.

»Schlage vor, wir gehn mal rüber.«

Sie zogen los, am abgesteckten Weg entlang. Jeder Schritt knirschte. Der leichte, aber stete Ostwind schnitt ins Gesicht. Eine verendete Möwe lag vom Eis freigegeben mit abgespreizten Flügeln da. Man beachtete sie nicht weiter.

Piekendorn war der erste, der Worte fand. »Schaun Sie doch nach. Was muss noch runter?«

»Steht genug an Deck rum. Die hier, würd ich sagen«. Er deutete auf ein Dutzend herumstehende Truhen.

Plötzlich fing das Schiff an zu zittern. Alle hoben die Köpfe.

»Es tut sich was. Wir sollten uns beeilen«, meinte Voss. »Sackt der Kahn ab, bricht wieder Wasser ein. Dann isser nich mehr zu halten. Reicht, wenn dat hier wech kommt.«

Er zeigte erneut auf die Truhen.

Piekendorn schüttelte den Kopf, schaute verkniffen drein. »Hielt die ganze Nacht. Wär doch schod um de Ladung. Wir sind man nur Landratten. Aber topacken, dat könnt wi. «

Sein entgegenkommender Tonfall wich dem eines befehlshabenden Kapitäns.

»Kiek mol, wat unten is. Ricky, geh mit em dool.«

Voss blickte irritiert in die schweigende Truppe. Den anderen gab der Wortführer Weisung, die Frachtstücke an Land zu bringen. Sie packten sofort an, hievten diese über die Landplanke und strebten dem Ufer zu.

Voss verschwand mit seiner Begleitung in der Zwischenzeit unter Deck.

Nur Piekendorn blieb zurück. Nach wenigen Minuten hörte er Schritte auf den Metallstufen emporkommen. Er räusperte sich.

»Is noch einiges im Laderaum. Kisten mit Klamotten. Mäntel, feiner Zwirn übrigens, nicht billig. Kinderspielzeug. Und Küchengeschirr, sogar Silberbesteck soll darunter sein. Steht hier jedenfalls.«

Voss´ Zeigefinger tippte auf die Lagerliste.

»Na also!«

Während Piekendorn versuchte, ihn in ein umständliches Gespräch über das logistisch sinnvollste Vorgehen zu verwickeln, schob er mit der Fußspitze die Milchkanne beiseite. Sie fiel um und rollte zur Reling.

»Mensch, macht hinne hier. Mir is kalt!«, knurrte Rickmers.

»Hast recht. Dann los. Pack mit an. Voss, wir hebeln dir das Ding rüber. Dahinten kommen schon die anneren.«

Piekendorn klopfte dem Hamburger ermunternd auf die Schultern und schob ihn gleichzeitig sanft Richtung Planke. Die Holzkiste wog nicht allzu viel, wegen ihres Umfangs war sie allerdings schwierig auf dem Rücken auszubalancieren. Schon bei den ersten Schritten geriet er ins Wanken. In ebendiesem Moment sackte der Steamer ruckartig ab. Der Leichtmatrose machte Ausfallschritte. Auf eisglatter Fläche fanden die Schuhe jedoch keinen Halt. Reflexartig ließ er die Kiste los. Sie fiel herunter und durchschlug das Eis. Er selbst taumelte gegen das Leitseil, von dem er in die entgegengesetzte Richtung geschleudert wurde, stürzte mehrere Meter tief und schlug auf der schwimmenden Holzkiste auf. Sein matter Hilfeschrei erfror im Wasser.

Rickmers reagierte schnell, sah sich hektisch um. Aber das aufgeschossene[7] Tauwerk war nicht in sauberen Buchten[8] gelegt und in sich verdreht. Wertvolle Sekunden verstrichen. Die Seilspitze strich noch am Kopf des Bewusstlosen entlang. Dann schlossen sich die Eismassen.

»Mann über Bord!«, brüllte Piekendorn eilfertig den Anstürmenden zu. Unten auf dem Eis schlug einer der Burschen die Hände zusammen.

»Hat plötzlich tüchtig geruckelt. Da isser ausgerutscht.«

»Jo. Hab ihm noch das Tau zugeworfen. Aber, der hat ja nich reagiert!«

Das Entsetzen war Rickmers ins Gesicht geschrieben.

»Und nu? Was machen wir bloß?«, rief einer von unten.

»Hey, Jungs. Dat wörn Unfall! Da war nix zu machen. Wenn ich mir das Eis besehe, weiß ich nicht, wie lang der Pott hier noch stillhält. Wir müssen jetzt an uns denken.«

»Also runter von Bord«.

»Töft man, ihr Bangbüchsen. Wi hebbt man ok malocht. Wo ist der Lohn? Wi nehm nur, wat uns tosteit.«

»Mann, Mann - dat is Diebstahl.«

---

[7] zusammengelegte
[8] gleichmäßige Schlaufen

»Ick seh dat so: Kapitän und Mannschaft ham dat Schiff aufgegeben. Oder seht ihr hier noch irgendeinen?«

Betretenes Schweigen. »Ne, Leute, dat is nu Strandgut! Und dat gehört nach alter Väter Sitte n Drittel dem Finder!«

»Hast auch wieder recht.«

»Außerdem, niemand weiß, dass wir hier waren. Und wenn de Pott unnergeit - und das wird er so oder so - is keen een hölpen, wenn de Ladung verloren gait. So wird sie wenigstens genutzt. Und die Sachen, die tun wir versetzen.«

»Mensch, dat wird 'n Geschäft«.

»Na klar! Also, dann sind wir uns jetzt einig?«

Alle nickten. An Voss dachte keiner mehr.

Wochen später erschien ein Revisor der Hamburger Reederei in Otterndorf. Er verströmte mit seinem schwarzen Paletot, Melone und goldenem Monokel eine Aura des Höchstwichtigen. Entsprechend höflich wurde er empfangen. Bürgermeister Haferkamp ließ es sich nicht nehmen, ihn persönlich am Bahnhof abzuholen. Ein Zweispänner stand an dem feuchtkalten grauen Wintertag bereit. Vor den Unbilden des schmuddeligen Tauwetters bot das Faltverdeck nur ungenügend Schutz. Kilometerweit rumpelte die Kalesche über die matschigen Feldwege. Die letzten Meter zum Deich legten beide zu Fuß zurück. Nebel behinderte die Sicht auf das Wrack. Näher war wegen der Strömungsverhältnisse an den Havaristen nicht heranzukommen. Das Augenscheinliche musste genügen.

Den ausführlichen Schilderungen Haferkamps hatte der wortkarge Revisor zwar gelauscht. Doch irgendetwas kam ihm nicht ganz lupenrein vor. Er hatte eine feine Nase für so etwas. Lag es am allzu jovialen Tonfall? Oder an seiner Berufskrankheit, dem notorischen Misstrauen? Zu beweisen war hier nicht das Geringste. Ein Wrack im Schlick der Unterelbe. Die Fracht, untergegangen. Bis auf Kisten, die geborgen werden konnten. Und die waren sorgsam zwischengelagert und erfasst. Soweit die Fakten. Keinerlei Hinweise in Richtung Strandräuberei.

Entsprechend dürr und eindeutig fiel der Bericht für die Assekuranz aus.

Eine Entdeckung

Ein letzter Gedankenfetzen. Fritjof als fast 11-jähriger Junge, der extrem kalte und lange Winter. So heftig war es damals, dass Wasservorräte einfroren. Als das Tauwetter einsetzte und draußen alles so matschig war, dass man nur drinnen spielen konnte, erhielt er ein besonderes Spielzeug, einen Dampfer aus Blech. Was war er stolz. Dass seine Schulkameraden zur gleichen Zeit Ähnliches geschenkt bekommen hatten, darüber hatte er sich damals keine Gedanken gemacht. Dabei führte der Kramladen seinerzeit nichts dergleichen im Sortiment. Überhaupt schien das Jahr 1891 für Otterndorf ein ziemlich gutes gewesen zu sein. Wirtschaftlich ging es bergauf. Bürger trugen ihren Sonntagsstaat aus feinstem englischen Zwirn nicht nur zum Kirchgang. Pfeffer- und Salzmuster war ja der letzte Schrei in dem Jahr.

›Prrrt‹, schepperte das Kehrblech, auf das er getreten war.

Fritjof erschrak und ließ die Taschenuhr fallen. Glücklicherweise fiel sie weich in die Tiefen der Hosentasche. So jählings aus der Zeitreise gerissen, wendete er sich zur Tür, verschloss diese und hängte den Messingschlüssel an seinen angestammten Platz.

»Tz, werd ich auch schon so penibel wie er.«

Er grinste.

Ihm kam der morsche Balken in Ottos Zimmer in den Sinn und er ging die Treppe hoch. Es glich einem Hotelzimmer. Die Bettdecke glatt gestrichen, aufgeschlagene Kissen, die pure Reinlichkeit. Die Stelle in der Zimmermitte ächzte und knarzte, während er auf den Schuhsohlen hin- und herwippte. Dabei fiel ihm erst die leicht geöffnete Tür des Kleiderschranks ins Auge. Sie störte ein wenig das überkorrekte Erscheinungsbild. Er stieß sie weiter auf. Darinnen ein Bild von Mustergültigkeit. Fassungslos betrachtete er die sorgsam aufgehängten rot karierten Hemden, von denen Otto einen ganzen Schwung besessen hatte. Am Boden neben der Kleiderbürste ein Stapel gestärkte weiße Schürzen, obenauf ein kleiner Schlüssel.

Fritjof suchte das dazugehörige Schloss. Im Zimmer fand sich keines. Er überlegte. Bei Ottos Ordnungsliebe konnte er nur zum Schrank gehören, sonst hätte er ihn in den Schlüsselkasten gehängt. Also untersuchte er nochmals das Möbelstück. Womöglich passte er zu einer Kassette oder Schatulle mit Erspartem, von der er nichts wusste. Die Schubladen rechts wiesen kein Schloss auf. Vielleicht doch ein Geheimfach? Er betastete das Äußere, aber ohne Erfolg. Blieb nur noch der Boden. Er nahm die Schürzen und legte sie auf den Dielenboden. Und tatsächlich: An der Rückwand befand sich mittig ein kleines Schlüsselloch, zu dem der Schlüssel passte. Er hob die Bodenplatte hoch.

Da der Schrank ohne Füße direkt auf der Diele stand, war von außen nicht erkennbar, was er nun vor Augen hatte: Ein Eingang zu einen doppelten Dielenboden. Fritjof holte sich eine Lampe und kletterte hinein. Eng war der Zwischenraum, bot gerade genug Platz, um darin herumzukriechen. Spinnweben, Staub. Hinten warf etwas Schatten. Er kroch einige Meter vorwärts und sah Kissen. Neben zwei Kladden lag ein Metallring. Fritjof wollte ihn aufheben, doch er bot etwas Widerstand. Dann drang Licht von der Gaststube nach oben. Er befand sich direkt über dem Tisch des kleinen Schankzimmers für Stammgäste.

Ein Versteck zum Lauschen. Er kannte die alten Geschichten aus der Franzosenzeit, als Schmuggelei üblich war. Otto hatte früher so manche zum Besten gegeben. Aber dass das eigene Haus darüber verfügte, hatte er nicht geahnt. Wenn Bier die Zungen der Zollbeamten gelöst hatte, konnte man von hier aus über geplante Untersuchungen erfahren. Hatte der Stiefvater die Tradition fortgeführt? Es konnte kaum anders gewesen sein. Hier, die Kladden. Er kroch wieder heraus.

Bei Tageslicht besah er sich die Aufzeichnungen. Gesprächsnotizen über Warenlieferungen, Schiffsverkehr, Hafen ... Ein zusammengefalteter Zettel fiel herunter. Er hob ihn auf und strich das vergilbte Blatt glatt. Eine Notiz. Unter dem Wort ›Verteilung‹ vier Großbuchstaben, daneben Abkürzungen ›Ausf./officiell/Meld./Id-‹ und Zahlen. Nochmals die gleichen Großbuchstaben, aber offensichtlich von anderer Hand. Datiert 7. Januar 91. Fritjof starrte auf den geöffneten Schrank.

Dass die Aufzeichnungen aus dem Versteck erlauscht waren, war ausgeschlossen. Darauf deutete Ottos Handschrift, die er sofort erkannte. Ein Gedankenblitz. »Das Datum. Schon wieder. Der Tag der Havarie am Stack.«

Ein ungutes Gefühl beschlich ihn. Er spielte mit der Uhr in der Tasche. Dass er den Wisch an einem solchen Ort entdeckt hatte, konnte nur bedeuten, dass er nicht gefunden werden sollte.

Fritjof sah aus dem Fenster auf den umgestürzten Apfelbaum, der immer reich getragen hatte. Eine Elster turnte im Geäst und ließ ihr laut schäckerndes »Tschäk-tschäk-tschäk« hören.

Ob Vitus sich einen Reim darauf machen konnte? Er steckte das Papier ein, holte sein Fahrrad und radelte los. Die Baumleichen lagen nach den vergangenen zwei Stunden unverändert, so wie der Sturm sie am Abend zuvor niedergestreckt hatte, und zwangen zum Rüberheben und Schieben. Zwei Gespanne rumpelten auf der Straße entlang, die Sturzkarren beladen mit Ästen und Bruchholz. Der herübergewehte Gruß blieb unbeantwortet.

Vitus schloss gerade seinen Schuppen auf, als er in den Garten trat. Grüne Weidenzweige lagen zu Bündel gebunden im Gras.

»Moin.«

»Moin. Na, treibt dich de Sehnsucht torück?«

»Hm.«

»Sach bloß, du bis weggeweht. Steht die Schenke nich mehr?«

»Hat Steuerbord was abgekriegt. Der Apfelbaum ist umgestürzt, ein Fenster leckgeschlagen. Sonst nur Kleinigkeiten.«

»Und warum kuckst du so bedröppelt? Is wat?«

»Du bist noch nicht bei Haferkamp gewesen?«

»Ne. De Föt, de wullt hüt nich so.« Er stöhnte.

»Gestern Abend hat der Sturm ne böse Schneise ins Land geschlagen. So was hast du noch nicht gesehen. Große Bäume, einfach umgeknickt. Ein breiter Streifen bis nach Altenbruch. Das muss ne Windhose gewesen sein.«

»Ne Windhose?« Vitus riss die Augen auf. »Da war´n wir in meiner Hütte ja in Sicherheit. Man gaut, dass die sich aufn Weg nicht um paar hundert Meters vertan hat.«

Er verschwand im Schuppen und kam kurz darauf mit den geräucherten Aalen zurück.

»Die muss ich noch verpacken. Du, sech mol, ob du die Kiste auf dein Fahrrad tun kannst?«

»Klar.«

Vitus holte eine längliche Holzkiste, die schon mit Strohhalmen ausstaffiert war. Sorgsam legte er die Fische hinein, verteilte ein paar Halme darüber und schloss den Deckel. »So. Und damit das auch wie´n Geschenk aussehen tut...« Flugs band er eine Kordel herum und band die Enden zu einer Schleife zusammen.

»Übrigens. Hab was Eigenartiges gefunden.«

»Wat? Noch mehr Klöterkram?«

»Ne, ne. Ach, wie fang ich an.« Er streckte Vitus das vergilbte Blatt entgegen.

»War oben in sein Zimmer. Da knarrten die Dielen an einer Stelle so, ich dacht, ´n Balken drunter wäre morsch. Hab heute nochmals geguckt.«

»Ja, und?«

»Du weißt ja, Otto liebte Ordnung.«

»Liebte? Der hatte ´n Fimmel!«

»Deswegen ja. Die Schranktür war nicht verschlossen. Und als ich mir das so näher beschau, da entdecke ich eine herausnehmbare Bodenplatte, mit einem doppelten Dielenboden darunter. Genau über dem kleineren Gastraum, wo sich Leute zum Stammtisch trafen.«

»Ach, als wo se de Zöllner abgehorcht hebbt. Gibt´s doch nicht!«

»Aus der Zeit ist der wohl. Aber ausgelegt mit Filz oder so ´n Zeug. Damit man auch ja ungehört rumrutschen kann. Sogar Kissen liegen da, damit der Lauscher an der Wand es sich richtig bequem machen kann. Ein daumennagelgroßer Stöpsel, wenn du den hochziehst, hörst du das Ticken der Standuhr aus dem Hauptraum.«

»Dascha ´n Ding!«

»Und da lag der Zettel. Ist von 1891.«

»Ja, und? Is mehr als ´n Vierteljahrhundert her.«

»Da sank ein englischer Steamer hier vorm Stack.«

»Versteh ich noch nich. Wat daran so Besonneres sein soll. Weißt du, wie viele hier schon auf Grundeis gegangen sind?«

»Geschrieben hat es jedenfalls Vaddern. Und es lag oben. Ne Abrechnung is das nicht. Hab ja gestern genügend davon zu Gesicht gekriegt. Das ›O‹ muss ein Kürzel für ›Otto‹ sein. Aber ›H‹, ›B‹ und ›P‹?«

Vitus grinste. »Hm, mit wem war er denn besonders dicke?«

Fritjof schlug sich an den Kopf.

»Mann inne Tünn! Natürlich. Haferkamp, Buhne und Piekendorn.«

»Da sinkt also ´n Schiff. ´N Zettel in einem Geheimgang. Merkwürdig. Na, wir sind man keine Detektive. Un lösen werden wir dat Rätsel jetz wohl auch nich. Lass uns die Aale wechbringen.«

Geständnis

»Kommt man rinn!« Das Dienstmädchen nahm ihnen die Kiste ab und verschwand in der Küche. Die Fischer standen im Flur. Er war mit dunkler Paneel ausgekleidet. Ein Stich von Otterndorf sowie eine Ehrenurkunde hingen hinter Glas.

»Ich soll euch ausrichten, der Herr Haferkamp möchte euch noch kurz sprechen.« Sie händigte das Geld für die Aale aus. Vitus steckte es ein, strich schleunigst die Joppe glatt. Er fuhr sich durch die Haare, was seine Zauseligkeit nur erhöhte.

Fritjof klopfte.

»Herein!«

Laurenz Haferkamp saß in einem grünsamtenen Ohrensessel. Auf einen schwarzen Gehstock gestützt, dessen Knauf im einfallenden Sonnenlicht silbern glänzte, krümmte er sich nach vorn. Das verbliebene weiße Haar war an den Seiten sorgsam nach hinten gekämmt.

»Kommt rein, Jungens. Und Dank auch für die Aale. Sie werden die Tafel gewiss zieren. Davon bin ich überzeugt.«

Vitus grinste verlegen.

»Fritjof, was ich fragen wollte. Es brennt mir unter den Nägeln. Aber, bitte, setzt euch doch erst einmal. Tee die Herren?«

»Och, warum nicht?«, erwiderte Vitus prompt.

Beide zogen Stühle heran. Haferkamp nahm derweil einen Schluck aus seiner Tasse. Er stellte sie zurück auf das Beistelltischchen. Eine großformatige Bibel lag daneben. Oben links war eine Stelle rot markiert.

»Es geht mir nochmals um die Schenke. Als ehemaliger Vorsteher des Ortes verfolge ich die weitere Entwicklung Otterndorfs mit größtem Interesse. Vor allem in wirtschaftlicher Hinsicht. Und meine Sorge, lieber Fritjof, ist, dass uns hier eine Geschäftsaufgabe ins Haus steht. Ich kenne dich von klein auf. Otto und ich sprachen oft über dich.«

Seine Stimme brach ab. Er musste eine Pause machen. Seine Hand fuhr in die Hosentasche. Er zog ein Taschentuch mit schwarzem Trauerrand hervor und schnupfte hinein.

»Entschuldigung. Auch ich habe jemanden verloren. Nun, wo war ich stehen geblieben? Ach ja. Ich würde es jedenfalls nicht gerne sehen, wenn unser traditionsreicher Treffpunkt, eine Säule gesellschaftlichen Zusammenhalts, der Ort kleiner Freuden des Alltags in so harter Zeit - wenn ich an die vergangenen Jahre denke, wenn dieser also infolge eines notwendigen Verkaufs womöglich in fremde Hände, in die Hände eines

Nicht-Otterndorfers geriete. Haben dich deine Überlegungen nun zu einer reiflichen Entscheidung geführt?«

Fritjof traf die Frage völlig unvorbereitet. Er blickte ihn an und überlegte. Ihm fielen die vergrößerten Tränensäcke unter den hellgrauen Augen auf. Merklich gealtert war er seit der Trauerfeierlichkeit.

»Laurenz. Meine Situation ist alles andere als einfach. Als Stackfischer kann ich leben. Reicht aber alles nicht, um davon jemanden einzustellen, der die Schenke fortzuführen versteht.«

Haferkamp zog an einer Kordel und hieß Teewasser aufsetzen. Beiläufig schaute er auf seine Taschenuhr. »Ist noch Zeit für eine ordentliche Tasse. Die Gesellschaft ist erst für heut Abend anberaumt. Nehmt von den Kluntjes. Schuss Rum gefällig?«

»Die Uhr«, fuhr Fritjof dazwischen. »Hat sie zufällig so blumenartige Gravuren am Gehäuse?«

»Seit wann interessierst du dich denn dafür?«

Er setzte eine Lesebrille auf und besah sie von Nahem. »Ja, ja, tatsächlich.«

Fritjof griff in die Hosentasche.

»Hier. Lag gestern in einer Reuse.«

Haferkamp wurde schmallippig. Er räusperte sich.

»Reuse? Darf ich mal sehen?«

Zittrig hielten seine Hände beide Uhren nebeneinander.

»Ich besitze meine seit über dreißig Jahren. Habe sie mir nach dem Jahrhundertwinter ´91 zugelegt. War das Jahr, in dem ich zum ersten Bürgermeister gewählt wurde. Ein englischer Uhrmacher hat sie angefertigt. Der verstand sein Handwerk. Sie hat mir nie ihren Dienst versagt.«

„1891?« Die Fischer warfen sich einen verstohlenen Blick zu.

»Laurenz ... Da ist noch etwas.«

»Was denn?«

»1891 sagst du? In den letzten Stunden bin ich immer wieder auf ebendieses Jahr gestoßen. Der Sturm gestern Abend hat mir einen Baum umgeworfen. Dabei ist ein Fenster zu Bruch gegangen und der Regen hat eine Wand so durchnässt, dass die Tapeten wie Locken herunterhingen. Darunter befand sich Zeitungspapier - von 1891. Und dann fand ich in Ottos Zimmer dieses Papier.« Er zog das vergilbte Schriftstück aus der Hosentasche.

Haferkamp wurde sichtlich bleich. Seine Linke krallte sich in die Lehne.

»Ist dir nicht gut, Laurenz?«

»Doch, doch. Es ist nur ... Ach, gib mal her.« Haferkamps Augen flogen fahrig über die wenigen Zeilen. Er nickte. Dann ließ er beide Hände, mit denen er das Blatt hielt, sinken und sah auf.

»Eines Tages musste es so kommen.« Er legte erst den Zettel, dann die Brille auf das Tischchen.

»Ich habe euch etwas zu beichten. Mir bleibt ja ohnehin nicht mehr viel Zeit, dann stehe ich vor meinem Richter. Otto hat es im Übrigen gleichermaßen zugesetzt, was seinerzeit passierte. Ich allein weiß, dass ihn das Vorkommnis letztlich verfrüht ins Grab gebracht hat. Vor allen anderen konnte er das verbergen. Auf Schauspielerei verstand er sich. Aber mir, dem engsten Freund, hat er sich doch ab und zu anvertraut. Was glaubt ihr, warum jeder seinen Anekdoten so gebannt zuhörte? Er hatte sich, bevor er in diese Gegend zog, mit allerlei beschäftigt, als Komödiant Erfolge verbuchen können, allerdings eher in gewissen Etablissements. Nun ja. Immerhin ermöglichte es ihm die Übernahme der Schenke.

Aber nachdem die Geschichte damals aus dem Ruder lief, hatte er schwer daran zu tragen. Einmal gestand er mir seine nervliche Zerrüttung. Er meinte, tags zuvor auf dem abendlichen Heimweg Schritte gehört zu haben. Mehrfach umgedreht hat er sich, im Zwielicht war indes niemand zu sehen. Panik erfasste ihn. Rasenden Herzens ist er dann losgerannt. Er stürzte über eine Wurzel und blieb vor Angst wie gelähmt liegen. Wollte sich seiner ›gerechten Strafe‹ nicht entziehen. Als nach mehreren Minuten nichts geschah, stand er auf. Am Ende war es ein Igel im Gebüsch. Er fühlte sich verfolgt.«

»Verfolgt? Von wem?«, wollte Fritjof wissen.

»Da sind wir bei dem Papier. Ausgemacht war, dass es vernichtet wird, wenn alles verteilt gewesen wäre. Keine Spur sollte zurückbleiben.«

»Otto hat es aber aufbewahrt. Im doppelten Dielenboden.«

»Das ist es ja, was mir zusetzt. Es zeigt, dass er letztlich niemandem wirklich vertraute.«

»Was hat es denn nu mit dem Wisch auf sich? Is doch verjährt, was es auch gewesen sein mag«, warf Vitus ein.

»Ganz so einfach ist es nicht, mein Bester! An dem Wintertag anno ´91 erhielt ich ein Kabel vom damaligen Hafenmeister Alfons Buhne. Er zeigte darin eine doppelte Havarie im Hafen an, versehen mit dem Zusatz ›Es gibt Arbeit‹. Ein verabredeter Code für die Eingeweihten. Der Telegrafist las daraus lediglich die Dringlichkeit der Sache.«

»Eingeweiht? Laurenz, worum geht es überhaupt?«
»Nun«, Haferkamp zögerte.

»Nennen wir es ein einträgliches Geschäft mit einer langen Tradition. Die Verbindungen werden über die Generationen nur an Auserwählte und Bewährte weitergegeben. Du kamst nie in Frage. Deswegen hast du auch nie etwas erfahren. Es ging um die Verwertung von aufgefundenen Sachwerten. Um die Rettung vor den Naturgewalten, sie diesen zum Nutzen der Allgemeinheit zu entreißen. Ein Drittel stand rechtlich immer dem Finder zu. So hielt man es über Generationen. Es ging uns um die, sagen wir, unauffällige Verzinsung dieses Drittels.«

»Also Strandräuberei!«

»Ein grobes Wort. Wir haben es nie so aufgefasst, haben uns ... Ach, der Deich ist ohnehin gebrochen.

Die ganze Geschichte ist mit Ottos Tod hochgekommen. Ja, auch mein Gewissen schob ich seinerzeit beiseite und erlitt so vor mir selbst Schiffbruch. Ich brauchte Sicherheiten damals, Stimmen für die damalige Bürgermeisterwahl. Einflussreiche Leute. Und dann gab es Verpflichtungen. Otto war da immer erste Anlaufstelle. Er verstand es geradezu meisterhaft, durch Großzügigkeit Bekanntschaften zu schaffen, aus den Verbindungen wurden Vertraulichkeiten und Verbindlichkeiten, bis sein dichtes Netzwerk uns alle wie Fische im Sack hielt.

Buhne kabelte mir also von der Havarie. Vor dem Stack sei ein englischer Steamer mit voller Ladung auf Grund gelaufen. Notfeuer hatte er schon abgesetzt. Wir wollten Leute aus Seenot retten und schon das Nötige veranlassen. Und nebenher ein einträgliches Geschäft machen.

Ich traf mich abends unverzüglich mit Otto. Der junge Piekendorn sollte dazustoßen. Den hatten wir kurz zuvor in den Kreis derer aufgenommen, die zu prüfen waren. Dem konspirativen Treffen konnte Buhne aufgrund der Wetterverhältnisse nicht beiwohnen. Wir trugen zunächst zusammen, was wir wussten.

Otterndorfer hatten geholfen und Quartier angeboten. Das sprach sich schnell rum. Ein erster Teil der Ladung war gelöscht und ordnungsgemäß erfasst. Von den Erzählungen wussten wir auch, dass noch manches im Bauch der *Kaffraria* schlummerte. Aber man musste vorsichtig zu Werke gehen, was umso kniffliger wurde, je mehr Personen eingebunden waren.

Hier kam Otto ins Spiel. Jeder brauche nur die Rolle zu spielen, in der er sein Bestes zu geben in der Lage sei. Buhne habe das bereits mit dem Telegramm erbracht, unter Ausnutzung der Entscheidungsbefugnis eines Hafenmeisters. Das wird aus dem Vertrag ersichtlich. Die Abmachung sollte dazu dienen, hinterher aufkommenden Streit zu vermeiden. Nichts war zersetzender für unser langfristig angelegtes Geschäft als Gier!«

Vitus verschluckte sich am Tee. Er hatte zwischenzeitlich recht großzügig mit Rum nachgeschenkt.

»Ottos Plan war genial, fand sofortige Zustimmung. Im Grunde schob er die Last der Verantwortung für alles, was geschehen könnte, auf den Zufall.«

»Wie das?«

»Devide et imperare!«

»Wat soll das heißen? Unsereiner hat die Lateinschule nich besögt.«

»Teile und herrsche! Jeder sollte nur das Seine tun. Fügte sich alles, wäre es ein Wink des Schicksals, dachten wir in bierseligen Runden.

Vitus runzelte die Stirn.

»Nu mal Butter bei di Fische!«

»Es war Otto, der zur äußersten Vorsicht riet, da schon zu viele Bescheid wussten und bei der Bergung halfen. Ein Dutzend, wenn ich mich recht besinne. Er schlug vor, Piekendorn einen Trupp für eine gesonderte Hilfsaktion zusammenstellen zu lassen. Seine Jungens waren nicht eingeweiht, einfach als Hilfe zusammengetrommelt. Das Problem war eine Wache, mit der zu rechnen war.

Wieder kam Otto der Geistesblitz. An demselben Morgen noch hatte er sich über eine zugefrorene Milchkanne geärgert. Nun wurde aus ihr die Lösung. Heiß befüllt, diente sie Piekendorn als tragbare Wärmequelle. Würde das Schiff allein gelassen, hätte er leichtes Spiel. Sollte jedoch eine Wache zurückgelassen sein, könnte er mit dem Inhalt dem Schicksal auf die Sprünge helfen.«

»Wie das?«

»Ich staune noch heute, wie klarsichtig Otto alles ausmalte. Er führte es uns sogar vor. Wie im Theater. Im Mittelpunkt stand die Landplanke. Irgendwie sollte er Zeit zur Präparation derselben erwirken. Es musste ihm zudem gelingen, seine Mannen vorher aufzuteilen, um keine unnötigen Fragen aufkommen zu lassen. Ein kurzer Augenblick würde ausreichen, den Inhalt so zu verteilen, dass man der entstehenden Vereisung auch ausweichen konnte, wenn die Jungs umständehalber selbst hätten drüber treten müssen.

Jedenfalls musste man die Person in Mittelhand bekommen. Das überließen wir ohne Bedenken der Bauernschläue und Schwatzhaftigkeit Piekendorns. Einen einzelnen Matrosen auf die Planke zu führen - und er wäre unter Zuhilfenahme des Schicksals bei einem Sturz höchstwahrscheinlich außer Gefecht gesetzt bei der Fallhöhe. Seine Ohnmacht könnte genutzt werden.

Tatsächlich kam es so. Nur schlimmer. Der Ärmste brach sogar ein. Bewusstlos, wie Piekendorn beteuerte.

Von offizieller Seite wurde es als Unglück zu den Akten gelegt, was durch meine entsprechende Darstellung befördert wurde.

Wir hatten das Schicksal herausgefordert. Es ließ sich darauf ein, bescherte uns ein gutes Geschäft. Uns war damals jedoch nicht klar, wie hoch der Preis sein würde. Anfänglich ließ das Gewissen sich leicht überrumpeln. Auf wen sollten wir die Schuld schieben? Auf dem Papier war alles festgehalten. Sollte Buhne sich grämen, ein Telegramm verfasst zu haben? Otto, dass er in einer Schenke geistreich Pläne entwarf, dafür nicht eine einzige Kiste anrührte? Oder ich, der ich den Überprüfungen von offizieller Seite wahrheitsgemäß Antwort gab?

Dennoch, Otto und ich spürten es: Mit der *Kaffraria* - mit dem Seemann war auch etwas anderes in den Untiefen unwiederbringlich versunken. Hier. ...«

Er schlug sich auf die Brust und holte tief Luft.

»Aber hier. Das steht turmhoch über jeder List. Das verdammte Gewissen, in unerwarteten Momenten. Mit leiser Stimme. Ach, sie brüllt in ihrem Pianissimo. Ich glaube, Otto ist nicht ohne Grund einem Herzanfall erlegen. Ist es eine Strafe?«

Draußen polterte ein Fuhrwerk vorbei. Man hörte Schritte im Treppenhaus. Die drei Männer wichen den Blicken des anderen aus.

»Ich weiß, Fritjof, du hingst an deinem Stiefvater. Nur, Otto - hatte ein zweites Gesicht.«

Entscheidung

Fritjof hockte auf den Steinen und sah den Positionslichtern zweier Schiffe nach. Möwengeschrei erfüllte die Luft. Eine besonders Freche ließ etwas Unappetitliches fallen, traf Fritjof aber nicht, da just in diesem Moment eine Böe aufkam. Hier beim Stack hatte der Sturm einiges an Land gespült. Schlickgetränkt schlürften Wellen an den Brocken entlang. Unmengen von Treibsel, Muscheln und Hölzern markierten die neue Flutlinie.

Bis gestern hatte der Pakt mit seinem Leben Bestand gehabt. Wechselvoll genug war es bislang verlaufen. Die Konstante, das war immer sein Stiefvater gewesen.

Und nun? ›Ein zweites Gesicht‹.

Haferkamps Geständnis ließ ihn grübeln. Sollte aufkeimender Zweifel der letzten Stunden eine ganze Kindheit und Jugendzeit aufwiegen? Auch später war die Schenke stets erster Anlaufhafen gewesen, wenn das Leben gelegentlich in schwere See geriet. Welches Bild überwog? Das des treu sorgenden, liebenden Stiefvaters oder das des Kopfes einer Strandräubervereinigung? Was wog schwerer?

So saß er wohl über eine Stunde sinnierend am Stack. Der Wind kam nun aus Westnordwest. Schaumkrönchen zogen lange Linien. Den Blick aufs Wasser geheftet, kam er immer wieder zu dem Schluss:

»Es ist wie mit dem Strom. Ich schaue als Fischer auf ihn. Er ernährt mich. Ich kenne ihn, weiß um seine Launen, um die Gefahren.

Aus der Ferne zeigt er seine Schönheit. Das silberne Glitzern. Das weiße Rauschen der Wellen. Hier am Stack jedoch: nur muttiges Wasser. Gehe ich einen Schritt zu weit, laufe ich Gefahr, mitgerissen zu werden.

Es deckt sich mit den alten Erfahrungen. Was man ins Meer wirft, kommt irgendwann zurück. Das Meer als Spiegel. Als Spiegel menschlichen Verhaltens. Man erntet, was man sät.«

Ein Strandläufer rannte im Watt nahe der Wasserlinie entlang. Schlickhäufchen zeugten von der Emsigkeit der Wattwürmer. Mit zartem Flügelschlag jagte der Vogel irgendwelchem Kleingetier nach, hinterließ dabei einen kaum leserlichen Schriftzug im Sand.

Fritjof erhob sich und griff in die Tasche. Wippend wog er die Taschenuhr in der Rechten. Dann warf er sie in die Fluten.

Nachwort

Handlung und Figuren der Novelle sind frei erfunden. Die Binnenerzählung allerdings greift auf Tatsachen rund um den Untergang des englischen Frachters *Kaffraria* am 7. Januar 1891 zurück.

Bei Recherchen im Stadtarchiv Cuxhaven stieß ich auf alte Ausgaben des *Cuxhavener Tageblatts* über den Hergang der Katastrophe. Mein besonderer Dank gilt den Mitarbeitern, die mich freundlich unterstützt haben.